读有益的书　做有用的人

小熊维尼故事全集

在我们很小的时候

[英]A.A.米尔恩 / 著　卢晓 / 译

北京联合出版公司
Beijing United Publishing Co.,Ltd.

图书在版编目（CIP）数据

在我们很小的时候 ／（英）米尔恩著 ；卢晓译. ——
北京 ：北京联合出版公司，2015.4
（学生课外经典阅读. 小熊维尼故事全集）
ISBN 978-7-5502-4464-1

Ⅰ．①在… Ⅱ．①米… ②卢… Ⅲ．①儿童诗歌－诗
集－英国－现代 Ⅳ．①I561.82

中国版本图书馆CIP数据核字(2015)第001237号

小熊维尼故事全集

在我们很小的时候

选题策划： 益博轩图书

作　　者：[英] A.A.米尔恩

译　　者：卢　晓

责任编辑：李艳芬　王巍

北京联合出版公司

（北京市西城区德外大街83号楼9层　　100088）

北京富达印务有限公司印刷　新华书店经销

字数17千字　880毫米×1230毫米　1/16　8印张

2015年4月第1版　2015年4月第1次印刷

ISBN 978-7-5502-4464-1

定价：22.80元

关于作者

A.A. 米尔恩（艾伦·亚历山大·米尔恩），1882 年 1 月 18 日出生于伦敦，是英国著名剧作家、小说家、童话作家和儿童诗人。他毕业于英国剑桥大学，是英国达勒姆大学教授。曾在英国著名幽默杂志《笨拙》担任编辑，发表过许多小说、剧本和诗歌。

1920 年他的儿子克里斯托弗·罗宾出生，他受儿子罗宾的玩具棕熊的启发而创作了让他赢得世界性声誉的儿童文学作品《小熊维尼》系列：童话故事《小熊维尼阿噗》（1926），《阿噗角的小屋》（1928）；儿童诗集《在我们很小的时候》（1924），《现在我们六岁了》（1927）。此外还有侦探小说《红房子的秘密》等。

《小熊维尼》系列图书出版后获得了极大成功，到 1976 年为止，这部书在英国已重版了七十多次。

迪士尼公司随后买下了《小熊维尼》的版权，推出卡通短片《小熊维尼历险记》，成为迪斯尼经典动画。之后，《小熊维尼》被译为30多种语言，风靡全球，成为不朽的幼儿文学经典，而作品中的小熊维尼和小猪皮吉、跳跳虎、驴子伊尔等动物朋友们，也成为儿童文学领域最耀眼的艺术形象。

1956年1月31日，米尔恩去世，享年74岁，他以其所著的经典儿童文学作品《小熊维尼》系列，成为享誉全球的伟大儿童文学作家。

致敬

克里斯托弗·罗宾·米尔恩

或者他喜欢自称的比利月亮

这本书的出现，主要是他的功劳

序 言

　　有那么一次（但是我现在改主意了），我想像威廉·华兹华斯那样在每首诗歌的前面写上一些说明，告诉读者他在哪里，正在和哪位朋友一起散步，或者是他正在思考的内容，又或者他是某一个时刻突然有了写诗的灵感。假如你接着看的话，你会看到一些和天鹅有关的诗句，按照上面的想法，我应该在说明里告诉你，克里斯托弗·罗宾在某天早上给这只天鹅喂食时给他起了个名字叫"阿噗"。对于一只天鹅，这个名字再合适不过了。如果你呼唤他，他却没有过来（这是天鹅最擅长的事情了），那你就可以装作自己只是在随意而漫不经心地说着"噗噗！"并不是在叫一只天鹅。好吧，我还应该告诉你，有六头牛每天下午都会来阿噗湖边喝水，他们总是一边"哞哞"叫着，一边走过来。有一天，我和朋友克里斯托弗·罗宾一起散步时，我自言自语说："哞哞和噗噗还是挺押韵的嘛！"好啦，那些小诗歌并不全是说这个的。接下来我要说的是湖中的那只天鹅。开始我觉得他能拥有'阿噗'这个名字是件幸运的事情，但后来不那么想了……这导致诗歌也和我当初的设想大有不同……我现在想说的是，如果不是克里斯托弗·罗宾，那我是不会写他的。当然，我也可以说是写别人的。他们都是克里斯托弗·罗宾的好朋友，这就是这些诗歌能够聚到一起的原因。如果我仅仅因为它和前面一首不一样就删掉了其中一首，那么我也应该删掉前面那首，因为它和后面那首不一样，如果我这样做的话，它们又都会很伤心难过。

这儿还要说说另一件事。也许你偶尔也想知道到底是谁在朗诵这些诗歌呢，是陌生而烦人的作者，还是克里斯托弗·罗宾，或者是一些其他的小男孩，小女孩呢？是小保姆？还是哞哞？如果我以威廉·华兹华斯的风格来写作的话，我就得给你解释清楚了。但这次，得你自己拿主意啦。如果你不确定的话，那就可能是哞哞。我不确定你是否见过他，他的好奇心实在太强了。星期一他像四岁，星期二却有八岁那么大，到了星期六，又达到了惊人的二十八岁，你也从来弄不明白他哪天会发出"R"这个音。但他和这些诗歌关系匪浅。事实是，没有克里斯托弗·罗宾、哞哞和会画图的夏普第，这本书是不可能完成的。他们经常互相有礼貌地说着"谢谢你"，因为你把他们带回了家，现在他们也正在对你说谢谢。"非常感谢你的邀请。那么，我们来了！"

A.A. 米尔恩

目 录
Content

街角

街巷深处，

三路相逢，

行人匆忙，

步履冗杂。

如果你问是谁行走在街角，

一双鞋子属于诺斯，

一双拖鞋属于波西，

踢踏！踢踏！踢踏！

白金汉宫

白金汉宫的士兵正在换岗，

克里斯托弗·罗宾和爱丽丝结伴走了过来。

爱丽丝即将嫁给其中的一位士兵。

"士兵可真是个劳累命啊！"

爱丽丝说。

白金汉宫的士兵正在换岗，

克里斯托弗·罗宾和爱丽丝结伴走了过来。

他们看到一个士兵正在站岗放哨，

"那个士兵正在照看他们的短袜。"
爱丽丝说。

白金汉宫的士兵正在换岗，
克里斯托弗·罗宾和爱丽丝结伴走了过来。
他们期盼着国王，但是他从未驾临。
"好吧，上帝会守护他的安宁。"
爱丽丝说。

白金汉宫的士兵正在换岗，
克里斯托弗·罗宾和爱丽丝结伴走了过来。
广场上正在举行盛大的狂欢派对，
"就算给我一百英镑，我也不愿戴上国王的王冠。"
爱丽丝说。

白金汉宫的士兵正在换岗，
克里斯托弗·罗宾和爱丽丝结伴走了过来。
有一张脸正在往外张望，但并不属于我们的国王。
"也许他正伏案工作呢！"
爱丽丝说。

白金汉宫的士兵正在换岗，

克里斯托弗·罗宾和爱丽丝结伴走了过来。

"你说国王知道我们的存在吗？"

"当然知道了，亲爱的。不过现在喝茶时间到了。"

爱丽丝说。

幸福

约翰

穿着大大的防水靴;

约翰

大大的防水帽;

约翰

还有一件大大的

轻巧超薄的防水衣,

这一切

(约翰说)

就是幸福。

洗礼式

我要怎么称呼它呢，
我那亲爱的小睡鼠？
尽管它的眼睛很小，
尾巴却那么长。

有时候，我叫它淘气鼠约翰，
因为它的尾巴一刻不停地
动啊动，
动啊动。

有时候，我又叫它淘气鼠杰克，
因为它的尾巴总在身后摇个不停。

有时候，我也叫它淘气鼠詹姆斯，
因为它喜欢我叫它这个名字……

但是，我想我应该叫它吉姆，
因为我是如此
深爱着它。

小狗和我

当我散步时，我遇到一个人。

于是我们开始交流，

他和我。

"你现在要去哪里啊？"我问他。

（当我们擦肩而过的时候，我对他说）

"我要去村里买些面包，

你愿意和我一起吗？"

"哦，不，我不想去。"

当我散步时，我遇到一匹马儿。

于是我们开始交流，

马和我。

"你好，马儿。你现在要去哪里啊？"

（当我们擦肩而过的时候，我问它）

"我要去村里弄点干草，

你愿意和我一起吗？"

"哦，不，我不想去。"

当我散步时，我遇到一位妇人。

于是我们开始交流，

妇人和我。

"您好，夫人。你这么早要去哪里啊？"

（当我们擦肩而过的时候，我问她）

"我要去村里找点儿大麦，

你愿意和我同行吗？"

"哦，不，我不想去。"

当我散步时，我遇到了几只兔子。

于是我们开始交流，

兔子们和我。

"你们好，你们穿着棕色的皮毛大衣要去哪里啊？"

（当我们擦肩而过的时候，我问它们）

"我们要去村里弄些燕麦，

你愿意和我们一起吗？"

"哦，不，我不想去。"

当我继续散步时，我遇到一只小狗。

于是我们开始交流，

小狗和我。

"早上好，你现在要去哪里啊？"

（当我们擦肩而过的时候，我问它）

"我要去山上打滚，玩耍，

你愿意和我一起吗？"

"我愿意和你一起去，小狗。"我说。

阳光下的脚趾尖

当阳光

透过苹果树叶倾泻下来，

当阳光

把树叶的影子投在地上，

我穿过草坪，

从这片小草掠到那一片，

从那片小草掠到这一片。

踮起脚趾尖，踮起脚趾尖。

看，我来这里了！

四个朋友

欧内斯特是一只大象，他是一位身材高大的朋友，

伦纳德是一只狮子，长着六英尺长的尾巴，

乔治是一只山羊，留着黄色的小胡子，

而詹姆斯则是一只小小的蜗牛。

伦纳德拥有高大结实的围栏，

欧内斯特的食槽厚实经用，

乔治有一支不该是山羊拥有的笔，

而詹姆斯就坐在一块砖头上。

欧内斯特开始大喊大叫，踩裂了自己的食槽，

伦纳德开始大声嘶吼，撼动了自己的围栏，

詹姆斯发出了身处险境时蜗牛的气喘吁吁声，

遗憾的是根本没有人听到。

欧内斯特的吼叫声让周围变得吵闹不堪，

伦纳德还在嘶吼扑打着，

詹姆斯则带着山羊的新指南针踏上了新的旅途——

他终于到达了砖头的另一端。

欧内斯特是一只心地善良的大象，

伦纳德是一只长着漂亮尾巴的狮子，

乔治嘛，我曾经说过，他是一只山羊，

而詹姆斯只是一只小小的蜗牛。

线条和方格子

每次我行走在伦敦的大街上，

都会小心地注意自己的脚。

确保让自己走在方格里，

因为在那些角落里藏着许多熊，

正准备吃掉那些

把脚踩在线上的笨小孩们，

吃完了再回到熊窝里。

我对它们说：

"小熊们，

你们看我可是一直行走在方格子里面呢！"

小熊们互相吵闹着说：

"他是我的猎物，

如果他足够笨，把脚踩在了线上。"

大熊们装模作样地在街上寻找朋友，

他们假装不在乎

你是走在了方格子里还是线上。

但是只有笨蛋才会相信他们。

你如何走路，实在太重要，

我快活地大喊：

"熊儿们，

瞧瞧我可一直行走在方格子里哦！"

窗帘后的精灵

巨大的窗帘静静地悬挂在卧室的角落里，

有人住在窗帘的后面，

但我不知道是谁。

我想是一个精灵吧，但我又不是很确定。

（奶奶同样不确定）

我朝窗帘后面张望，

但精灵溜走得

太快了——

精灵从来不会驻足说道："你好吗？"

它们总是匆匆地一闪而过，

因为它们的脚步是如此迅速。

（奶奶也说它们的脚步太快了）

独立

我从来不，从来不，从来不喜欢听人说：

"亲爱的宝贝，小心着点儿啊！"

我从来不，从来不，从来不这样想：

"快点儿抓牢我的手！"

我从来不，从来不，从来不考虑：

"亲爱的宝贝，别爬那么高！"

但是他们都不知道，说这些话真的是无济于事。

托儿所的椅子

一把椅子是南美洲，

一把椅子是航行在大海上的船，

一把给大狮子做笼子，

一把就留给我自己。

第一把椅子

当我来到亚马逊河，

晚上停下来开上一枪，

召唤我忠实的朋友——

三三两两的印第安人。

他们静静地走进树林里

等待着我靠岸。

如果今天我不想

再和他们玩耍，

我只要挥挥手，

他们就会转身离去——

他们是最善解人意的。

第二把椅子

我就是一头蹲在笼子里的大雄狮，

经常嘶吼着吓唬奶妈。

然后再紧紧地拥抱她，

轻声安慰她别害怕——

她就不再那么害怕了。

第三把椅子

我站在船上，

瞧见一些船开了过来，

当他的大船从我身旁经过时，

船员凑过身朝我喊，

风中传来他的问候声：

"这个是环绕地球的航线吗？"

他的叫喊声渐行渐远。

第四把椅子

当我坐在高高的椅子上

喝茶、吃早餐或者午餐时，

我都会假装那就是我的椅子，

而我只是一个三岁的小孩子。

我将来会到南美洲去吗？

我会开着船在大海上航行吗？

或者会扮演被关在笼子中的雄狮和老虎吗？

又或者——将来的我还是我吗？

集市广场

我有一便士的硬币，

一枚崭新的闪闪发光的硬币。

我拿着自己的硬币

来到了集市广场。

我想要一只小兔子，

一只小小的棕色兔子，

我四处寻找着兔子。

我来到一个卖薰衣草的小摊前。

（"只要一便士就可以买一束薰衣草哦！"）

"你这里卖兔子吗？

我想我不需要薰衣草。"

但他们没有兔子，

任何地方都没有我想要的兔子。

我有一便士硬币，

还有另一个硬币。

我拿着自己的硬币，

来到了集市广场。

我想要一只小兔子，

一只小小的兔宝宝，

我四处寻找着兔子。

我来到一个卖新鲜鲈鱼的小摊前。

（"快来看啊！

只要两便士就可以买一条刚打捞的鲈鱼哦！"）

"你这里卖兔子吗？

我想我不需要鲈鱼。"

但他们没有兔子，

任何地方都没有我想要的兔子。

在我们很小的时候

28

我新得了一个六便士硬币，

一个小小的银色硬币。

我紧握着自己的硬币，

来到了集市广场。

我想要一只小兔子，

（我真的很喜欢兔子）

我四处寻找着兔子。

我来到一个卖精巧蒸锅的小摊前。

（"瞧一瞧，看一看啊！

只要六便士就可以买一个蒸锅哦！"）

"你这里卖兔子吗？

我已经有两个蒸锅了。"

但他们没有兔子，

任何地方都没有我想要的兔子。

我一无所获，

哦！不，我并不是什么都没有得到。

我没有再次走进集市广场，

而是走向那片金黄色的草地……

我看到那里到处都是小小的兔子。

于是，我为卖精巧蒸锅的人感到难过，

为卖新鲜鲈鱼的人感到可惜，

为卖芳香薰衣草的人感到悲伤，

因为他们没有兔子，任何地方都没有！

黄色水仙花

她头戴一顶鹅黄色的遮阳帽，

穿着一件娇翠欲滴的绿色礼服。

她迎着和煦的南风，

谦卑地低着头。

她面对暖暖的阳光，

轻柔地摇着头。

她对百花低声呓语说：

"看看吧，冬天已经走远了！"

睡莲

睡莲要去哪里呢？

来回穿行，

摇曳在满是涟漪的水中央，

微风轻轻地摇动着，

湖水的女儿正惬意地卧躺在莲叶上，

微风轻摇着她。

谁将来接她？

我来！我来！

安静点！安静点！

湖水的女儿正惬意地卧躺在莲叶上……

微风轻轻拂过

水中的睡莲花，

善良的风儿唤醒了她。

现在谁来接她呢？

她微微笑着轻轻拂过

水中的睡莲花。

等等！等等！

太晚了！太晚了！

只剩下睡莲在碧绿的涟漪中，

来回穿行，

轻轻地点着，轻轻地点着。

任性的母亲

詹姆斯 詹姆斯

莫里森 莫里森

韦瑟比 乔治 杜普雷

精心照顾着

他的母亲，

尽管他才三岁。

詹姆斯 詹姆斯

对他的母亲说：

"妈妈！

如果你不带我一起去，

那你就到不了小镇的那一端啊。"

詹姆斯 詹姆斯

莫里森的妈妈，

她穿上了一件金色长裙。

詹姆斯 詹姆斯

莫里森的妈妈，

她驱车前往小镇的那一端。

詹姆斯 詹姆斯

莫里森的妈妈,

她自言自语地说:

"我独自一人也能到达小镇的那一端,

还能赶在下午茶之前回来呢。"

约翰国王

贴出了通告:

"有人迷路了或者被绑架了或者是失踪了!

詹姆斯 詹姆斯

莫里森的妈妈,

好像是失踪了。

最后一次有人看到她时，

她还在漫无目的地游荡。

嘴里还念念有词，

一定要到达小镇的那一端——

悬赏四十先令！"

詹姆斯 詹姆斯

莫里森 莫里森

告诉他所有的亲朋好友，

千万别责怪他。

詹姆斯 詹姆斯

曾经告诉过他的妈妈：

"妈妈！

如果没有我的同意，

你不能独自一人前往小镇的另一端哦！"

詹姆斯 詹姆斯

莫里森的妈妈，

至今杳无音信。

约翰国王

表达了遗憾，

王后和王子同样表示了歉意。

约翰国王

（有人告诉我）

对他的一个下属说：

"假如有人要去小镇的那一端，

有谁会阻挡他呢？"

（咳，非常轻声的）

詹姆斯 詹姆斯

莫里森 莫里森

韦瑟比 乔治 杜普雷

精心照顾着他的母亲，

尽管他才三岁。

詹姆斯 詹姆斯

对他的母亲说：

"妈——妈！

如果—你—不—带—我——一—起—去，

那—你—就—到—不—了—小—镇—的—

那——一—端—啊！"

39

春天的清晨

我要去哪里呢？

我还没想好。

溪边的金盏花长得美——

山间的青松柏长得茂——

去哪里啊，去哪里啊，我还真的不知道。

我要去哪里呢？

天上的白云慢慢地飘，

小小的，轻轻的，飞在蓝天上。

我要去哪里呢？

地上的影子轻轻地摇，

小小的，轻轻的，倒映在草地上。

如果你是一片高高飘荡的白云，

在如天空般蔚蓝的海面上航行，

看到我站在田野里，你肯定会说：

"看呀，今天的天空可真是绿啊！"

我要去哪里呢？

乌鸦高声颂唱着：

"生活真是美好啊！"

我要去哪里呢？

鸽子咕咕嘟囔着：

"美好的事情真多啊！"

如果你是一只住在高处的鸟，

微风轻轻地吹起，

你便轻轻地靠近。

当风儿把你带走时你肯定会说：

"正好，今天我打算去那边逛一逛呢！"

我要去哪里呢？

我还没想好。

人们去哪儿又有什么紧要？

走进蓝铃花盛开的树林里吧——

去哪里啊，去哪里啊，我还真的不知道。

小岛

假如我有一艘轮船，

我将驾驶我的船，

我将驾驶我的船，

从东部海域出发。

驶向海滩，去感受巨浪拍岸——

还有那层层叠叠的海浪和波光粼粼的

浪花——

轰隆隆！轰隆隆！轰隆隆！

拍打着阳光明媚的海滩上。

然后，我走下船登上小岛，

爬上陡峭的白色沙滩，

爬上六棵棕色树的树梢。

椰子树是海边悬崖上的绿色皇冠——

我手脚并用，

紧攀着岩石，面朝着悬崖，

朝椰子树爬去。

摇摇晃晃、踉踉跄跄地朝上爬啊，爬啊，

爬上了这个山头，

在我们很小的时候

越过了那座巨石，
朝上爬到了那六棵树生长的山顶。

我躺在那里休息，
双手托着下巴，
远望着山下灿烂耀眼的沙滩
和层层叠叠的碧浪，
还有，远处被灰蓝色笼罩的
海天一色……

我惬意地躺在沙滩上，
面朝大海
喃喃自语着：
"这一刻，
世界只为我而存在！"

三只狐狸

从前有三只小狐狸，

他们不穿长袜和短袜，

却知道用手绢擦鼻子，

还会把手绢藏在纸盒里。

他们住在森林的三座小屋里，

不穿裤子也不穿外套，

却最爱光着脚丫跑遍整座森林，

还经常和老鼠玩捉迷藏游戏。

他们从不去大街上闲逛，

最爱在树丛和灌木丛中捕捉食物，

他们去钓鱼结果钓起了三条小蚯蚓，

他们去打猎却捉住了三只大黄蜂。

他们如果去露天游乐场，

就会赢得大奖——

三份李子布丁和三个肉馅饼就是奖品。

他们有时还会骑大象和荡秋千，

还会在瞄准椰子游戏中击中三个椰子。

这就是我认识的那三只小狐狸。

爱把手绢藏进纸盒子里的小狐狸，

住在森林里三座小屋里的小狐狸，

不爱穿裤子也不爱穿外套的小狐狸，

不穿长袜和短袜的小狐狸。

礼貌

如果有人问我问题，

我经常这样回答他们：

"好的，谢谢你，我很乐意回答你的问题。"

如果有人问候我。

我经常这样回答他们：

"很好，谢谢你，你今天觉得怎么样？"

如果他们很有礼貌地

询问我……

我经常这样回答他们，

我经常这样告诉他们，

但是有时候，

我希望他们不这样才更好。

乔纳森·乔

乔纳森·乔

有一个超大的嘴巴，像一个"O"，

他还有一个充满惊喜的手推车，

如果你想拥有一个球拍

或者是其他的东西，

不管你想要什么，

他都有办法找出来。

如果你想要一个球，

一点儿问题都没有。

这是为什么呢？

因为你要的越多，

惊喜就越多——

想拥有一个滚个不停的圈圈，

一块永不会停止的手表，

或者是糖果和阿伯丁猎狗。

乔纳森·乔

有一个超大的嘴巴，像一个"O"。

下面就是他高兴的原因：

如果你给他一个微笑，

偶尔朝他笑一笑就行，

反正他从来不对金钱抱任何期望。

动物园

动物园里有狮子和老虎，还有高大的
骆驼和其他动物。
动物园里有强壮的水牛、野牛和一头
长着翅膀的大棕熊。
动物园里有一匹小小的河马和一头小小的
犀牛。
但是，我去动物园的时候只为大象带去了小面包。

动物园里有许多种獾，还有一座
管理员的小屋。
动物园里有许许多多的山羊，一只北极熊，还有
各种各样的老鼠，

我认识其中一种叫做

沙袋鼠的动物——

但是，我去动物园的时候只为大象带去了小面包。

如果你想和野牛对话，但他永远听不懂。

印第安酋长是不会和你握手的——因为他

不喜欢握手。

狮子和老虎都讨厌有人说："你好吗？"——

于是，我去动物园的时候只为大象带去了小面包。

布丁晚餐

玛丽·简发生什么事了？

她一直不停地啼哭。

她又一次

不吃她的布丁晚餐了，

玛丽·简发生什么事了？

玛丽·简发生什么事了？

我已经承诺给她洋娃娃和雏菊花环，

一本和动物有关的书——

结果什么作用都不起——

玛丽·简发生什么事了？

玛丽·简发生什么事了?

她的身体很健康,

但是现在她又开始了! ——

玛丽·简发生什么事了?

玛丽·简发生什么事了?

我已经承诺给她糖果,

陪她乘坐火车,

我恳请她停下来,说说话——

玛丽·简发生什么事了?

玛丽·简发生什么事了？

她身体很健康，

面前放着一顿丰盛的布丁晚餐呢。

玛丽·简发生什么事了？

失踪

有人看到我的小老鼠了吗?

我把盒子打开了半分钟,

只想确认它就在里面,

当我打开盒子看的时候,

它跳了出来。

我试图抓住它,我试啊,试啊……

我觉得它就在房间的某个角落。

有人看到我的小老鼠了吗?

约翰叔叔，你看到我的小老鼠了吗？

它是一只小小的可爱的棕色老鼠。

它不是小镇上的老鼠，而是从乡下来的，

它在伦敦的大街上会倍感孤单。

而且，它怎么样才能找到食物呢？

它肯定就在某个角落。

让我问问罗斯婶婶：

"你见过一只长着歪鼻子的小老鼠吗？"

哦，好像见过——

它刚才跑出去了……

真的没人看到我的小老鼠吗？

国王的早餐

国王问

王后，然后

王后又去问

一位挤奶工：

"你能为我们的皇室面包上

来点儿黄油吗？"

挤奶工回答说：

"当然可以，

我现在就去告诉奶牛，

趁奶牛现在还没睡。"

这位挤奶工

行完屈膝礼，

就去告诉

国王的奥尔德尼奶牛：

"你一定不能忘了给皇室的面包片上

来点儿黄油啊。"

奥尔德尼奶牛

异常疲倦地说：

"你最好告诉

国王陛下，

现在更多人

喜欢用果酱

代替黄油了。"

这位挤奶工说：

"我怎么就没想到这个办法呢。"

然后她就去觐见

王后。

她向王后行完屈膝礼，然后

满脸紧张地说：

"打扰了，

王后陛下。

恕我冒昧。

如果在面包上涂上

一层厚厚的果酱的话，

相信会

更美味可口的。"

王后说：

"哦。"

然后就去见

国王说：

"说起在皇室面包上

涂黄油，

现在更多的人认为

在面包上

涂果酱

更美味。

你愿意用

果酱

替代黄油吗？"

国王说：

"这真烦人！"

然后又说：

"哦，天啊！"

他低声哭泣着："哦，天啊！"

然后走回床上。

他抽泣着：

"难道有人

怪我是一个

挑剔的人吗？

我只不过想

往面包上

涂上一点儿黄油而已！"

王后说：

"可以！肯定可以！"

然后命令

这位挤奶工。

这位挤奶工说：

"可以！肯定可以！"

然后来到牛棚里。

奶牛说：

"可以，肯定可以！

我可一点儿都不小气。

这是国王要的一碗牛奶，

还有涂面包的黄油。"

王后把黄油拿给了国王。

国王说：

"是黄油，太好了！"

他从床上跳了下来。

"难道有人——"

他一边说一边温柔地吻了吻王后。

"有人——"

他一边说一边从楼梯扶手上滑了下来。

"有人——"

"亲爱的，

怪我是一个

挑剔的人吗？——

我只不过想往面包上涂上一点儿黄油而已！"

蹦蹦跳

克里斯托弗·罗宾总是
蹦蹦跳，蹦蹦跳。

蹦蹦跳，蹦蹦跳，蹦蹦跳。
每当我礼貌地要求他
别跳了，停一停吧，
他总是说他没办法停下来不跳。

他要是不蹦蹦跳，
他就哪里也去不了，
可怜的克里斯托弗
哪里都去不了……
所以他总是一刻不停地
蹦蹦跳，蹦蹦跳，
蹦蹦跳，
蹦蹦跳，
蹦蹦跳。

过家家

我想有一个士兵，

（一个头戴高高的军皮帽的士兵），

我想有一个陪我一起玩耍的士兵。

我会和他分享奶油蛋糕，

（一个大大的、甜甜的蛋糕），

还会给他奶油甜点。

我想有一个士兵，

（一个身材高大、面色红润的士兵），

我想有一个会敲鼓的士兵。

爸爸就要去为我买一个士兵了，

（其实他已经向商店预定了），

等爸爸一回来我就得到一个士兵了。

在我们很小的时候

不完美的房子

我进到一栋房子里，但它不能称作房子，

尽管它拥有宽宽的台阶和大大的客厅。

但它却没有花园，

少了一个花园，

少了一个花园，

它就根本不像一所房子。

我进到一栋房子里，但它不能称作房子，

尽管它拥有大大的花园和高大的围墙。

但它少了一棵山楂树，

少了一棵山楂树，

少了一棵山楂树，

它就根本不像一所房子。

我进到一栋房子里，但它不能称作房子，

白色的花瓣正从山楂树上飘落，

但它少了一只乌鸦，

少了一只乌鸦，

少了一只乌鸦，

它就根本不像一所房子。

我进到一栋房子里，真高兴它是真正的房子，

我听到山楂树上正传来鸟的叫声……

可惜没人听到这些，

没有人，

喜欢听，

也根本没有人愿意听。

夏日的午后

六头棕色的母牛跑到河边来喝水，

（所有的小鱼正对着蜉蝣吹着泡泡）。

第一头牛一下水，水花飞溅到处都是，

另外五头牛摇着尾巴哗啦哗啦全下了水……

十二头棕色的母牛低着头喝水，

（所有的小鱼摇着尾巴游啊游）——

六头站在水中央，六头倒影在水面上；

一只深色的燕子，正轻巧地掠过水面。

睡鼠和医生

从前有一只睡鼠，

他的家在千鸟花（蓝色）和天竺葵（红色）丛中，

每天它抬头就能欣赏到

这姹紫嫣红的美景。

一个医生匆忙赶到说：

"哎呀，看到你躺在床上真是让人难过。

以后我检查你的胸部时，

你只要说声'九十九'就行了……

难道菊花不是最好的回答吗？"

睡鼠环顾四周，

（当他说"九十九"时）努力尝试了一下，

但他觉得最好的答案还是

天竺葵（红色）和千鸟花（蓝色）。

医生皱着眉头摇了摇头，

拿起了自己闪闪发光的丝绸帽子说：

"病人需要的是改变，

可以到肯特去看菊花。"

睡鼠躺在床上，望着

红色天竺葵和蓝色千鸟花看了又看，

它觉得没有什么东西能代替

天竺葵（红色）和千鸟花（蓝色）。

75

医生外出返回后展示了他说的改变，

他从肯特带回了菊花。

他说："现在，这些花可比

天竺葵（红色）和千鸟花（蓝色）好看多了。"

他们用铁锹挖出了

千鸟花（蓝色）和天竺葵（红色），

然后把菊花（黄色和白色）种了上去。

医生说："现在，很快就会有效果的。"

睡鼠朝外望去，然后叹息着说：

"我想，这些人也许比我明白吧。

但是，这种行为真是愚蠢啊，

我还是更喜欢

姹紫嫣红的美景。"

医生再一次来检查睡鼠的胸部，

要求它多进补，多休息。

他一边摇着温度计，一边说：

"这可真有效。
这可都是菊花的功劳啊。"

睡鼠把目光从无穷无尽的
菊花（黄色和白色）中
收了回来。
他想："重新回到
千鸟花（蓝色）和天竺葵（红色）的床上，
那才真是一件美好的事情呢。"

医生说："瞧，这又是另一种症状了。"
于是，又叮嘱它多喝牛奶，按摩背部，
他一边无忧无虑地开车，一边低声说：
"你的菊花真是美丽啊！"

睡鼠躺在床上

捂着眼睛想象着一个惊喜：

"如果这片菊花全变成

千鸟花（蓝色）和天竺葵（红色）多好啊。"

医生在第二天早上摩拳擦掌，

他说："没有人比自己更懂得这一切了！

这些菊花已经开始见效了！

阳光下的菊花是那么的光彩夺目。"

睡鼠双眼紧闭，幸福地躺在床上。

他可以忽视那些菊花，黄色和白色的

他觉得自己的周围全是

千鸟花（蓝色）和天竺葵（红色）。

这就是根源所在（艾米丽阿姨说）

如果一只睡鼠躺在菊花丛中，

你会发现（艾米丽阿姨说）它就会用爪子捂着眼睛，

飞快地进入梦乡。

鞋子和长袜

山上的岩洞里

住着老鞋匠，

（砰砰－咚咚－砰砰……

砰砰－咚咚－砰砰……）

他们正为一位女士制作一双金色的鞋子．

（砰砰－咚咚－砰砰……

砰砰－咚咚－砰砰……）

这位女士就要嫁给她的白马王子了，

纯白的长裙，圣洁的面纱，

现在只差一双优雅精巧的鞋子了。

砰砰－咚咚－砰砰……

砰砰。

河边的小屋里

住着老织娘。

（吱吱－唧唧－吱吱……

吱吱－唧唧－吱吱……）

她们在为一位女士缝制一双金色的长袜。

（吱吱－唧唧－吱吱……

吱吱－唧唧－吱吱……）

这位女士就要嫁给她的真命天子了，

青梅竹马，门当户对，

但她还差一双优雅精美的长袜。

吱吱 - 唧唧 - 吱吱……

吱吱。

细沙流过脚趾间

我想和克里斯托弗

一起去看奔腾的大海。

诺斯给了我们每人六便士——

这样我们一起去了海边。

细沙随风吹进了眼睛里，吹进了耳朵里，吹进了鼻子里，

吹进了头发里，也跑进了脚趾里。

每当和煦的西北风吹起，

克里斯托弗的脚趾间

总是钻进了很多很多的细沙子。

灰暗的大海涌动着，

克里斯托弗紧紧地抓着六便士，

爬过流沙时，

克里斯托弗紧紧地握着我的手。

细沙随风吹进了眼睛里，吹进了耳朵里，吹进了鼻子里，

吹进了头发里，也跑进了脚趾里。

每当和煦的西北风吹起，

克里斯托弗的脚趾间

总是钻进了很多很多的细沙子。

风在空中咆哮着，

海鸥被风吹得哭啼。

我们试图说话，

但最终只能大声喊叫——幸好没人听到。

当我们回家后，头发里全是沙子，

眼睛里，耳朵里，鼻子里全是它。

每当和煦的西北风吹起，

克里斯托弗的脚趾间

总是钻进了很多很多的细沙子。

骑士和女士

我最喜欢

旧画册的那一页，

骑士和仆从骑着骏马

走在老镇斜坡的鹅卵石地上。

女士们则站在屋檐下

激动地挥舞着手帕，

她们或许还自豪地笑着，

但这些都是中世纪发生的事情了。

这些不会发生在现在，

但是当我远眺山上时，

那些绿色和蓝色冷杉林中的身影

出双入对，若隐若现。

我想，也许我也可以

邂逅一位光彩照人的骑士，

和他在绿色和蓝色的冷杉林中蜿蜒前行——

就像他在许多年前一样……

或许我真的可以遇到。

但你是不会知道的。

小波比和蓝衣娃

"小波比，

你放牧的绵羊怎么样啊？

波比，

你放牧的绵羊怎么样啊？"

"蓝衣娃，

真是可笑呢！

我放牧的绵羊走失了，全部的！"

"小波比，

天啊，这是干了件什么事啊！"

"蓝衣娃，

你放牧的绵羊怎么样啊？

蓝衣娃，

你放牧的绵羊怎么样啊？

"小波比，

我的绵羊在我睡觉

的时候全都跑掉了。"

"蓝衣娃，

我真是为你感到伤心。"

"小波比，

你打算怎么办呢？

波比，

你打算怎么办呢"

"蓝衣娃，绵羊们都会回家喝下午茶的。"

"但是小波比，我的绵羊都不会这样做啊。"

"蓝衣娃，

你打算怎么办呢？

蓝衣娃，

你打算怎么办呢？"

"小波比，

我打算吹上一小时的喇叭。"

"蓝衣娃，那应该很快吧！"

"小波比，

长大了你想嫁给谁？

波比，

长大了你想嫁给谁？"

"蓝衣娃，蓝衣娃，

我就想嫁给你。"

"小波比，

我也是这样想的。"

"蓝衣娃，

你以后会住在哪里啊？

蓝衣娃，

你以后会住在哪里啊？"

"小波比，小波比，

我将和小绵羊一起住在山上。"

"蓝衣娃，

你喜欢你的小波比吗？"

"小波比，

我会永远永远喜欢你。

小波比，

我会永远永远喜欢你。"

"亲爱的蓝衣娃，

靠近一点，再靠近一点。"

"小波比，

我会永远陪伴着你。"

倒影

午后金色的阳光

悄悄地照射着丛林，

阳光穿过宁静的天空，

倾泻在寂静的水塘

和相互偎依在一起的小树上。

就是在那里，我看到了那只洁白无瑕的天鹅

和它投在水中的倒影。

它们面对面，静静地相互凝视着彼此，

安静地等着微风的爱抚……

世界瞬间为此刻驻足。

楼梯的一半

朝下的楼梯中间，

有一层台阶，

我就坐在那里。

再也没有别的楼梯像它这样了，

不是在楼梯的最底部，

也不是在楼梯的最上部。

那就是我最常停留的楼梯。

朝上的楼梯走了一半，

既不朝上，

也不朝下。

它不在托儿所里，

也不在城里。

各种稀奇古怪的想法

在我脑海中转动：

"它不在任何一处，

却在某个地方！"

入侵者

一丛丛灿烂的黄色迎春花，

开遍了树林的每一个角落。

一片片雪白的银莲花

像迎风飘舞的冬雪，

笼罩着整片的紫罗兰，

但风铃草却越发光彩夺目了。

迎春花遍布

羊肠小道的那边，

花影和阳光间

牛儿们排着队走了过来，

呼吸着早上清新空气，

留下一阵芬芳。

他们只管埋头于自己的目标,

他们只是遵循着有序的沉默……

然后悄然离开。

但是,所有的树木还在

静静地等待着,直到

那些在紫杉树上放哨的乌鸦

看着队伍慢慢走过,

才张开黄色的小嘴

吹响了口哨,

牛儿们已经走远了……

瞬间,所有的树木又开始为春天

颂唱起了赞歌。

午茶前

已经一个星期

没有看到艾米琳了。

她从两棵高大的绿树下面

悄悄走掉了。

我们都着急地寻找她。

"艾米琳——"

"艾米琳,

我并不是责怪你,

我只是说你的小手不大干净。"

我们赶到那两棵绿树底下，

但还是没有看到

艾米琳。

艾米琳

从两棵高大的绿树下面

悄悄走掉了。

我们都着急地寻找她。

"艾米琳——

你去哪里了啊？

你去哪里了啊？

怎么办呢？已经一个星期了！"

艾米琳说："真是笨蛋啊，

我去见王后啊！

她说我的小手真是干净呢！"

玩具熊

有只玩具熊，

从不爱运动，

它长得像水桶。

这只玩具熊，

难怪长得又矮又胖，

它唯一做的运动

就是从床上翻下来，

但通常很难

再爬上去。

胖嘟嘟是

困扰玩具熊的最大问题。

它自己也很担心

它太胖了。

它想："如果我瘦点那多好啊！

人们都是怎么减肥的呢？"

它又想："让我运动，那真是不大公平呢！"

96

它经常对着玻璃窗照镜子，

但坚持很多周都没有效果，

它有些嫉妒那些

想减肥的人们。

因为它没有发现任何一个人

"和我一样肥。（它说）"

它一边叹息，一边喃喃自语地说：

"我的意思是，别人和我一样肥！"

目前，这只玩具熊只能整晚

躺在地板上，

它周围环绕很很多

不知名的动物。

此外，还有一些书籍和其他东西，

比如一位内心善良的亲戚带来的

"很久以前"的老故事

和那些很押韵的故事。

一天晚上，它突然看到了

一本旧画册。

上面有张法国国王的图片，

（那是一位胖胖的国王）

图片的下面标注着：

"路易斯这样的国王，

可以成为'帅气王'！"

他看完这些，

（立刻意识到）国王也很胖！

小熊欣喜若狂地读着

关于这位伟大国王的介绍，

"帅气王！"它一边看，

一边更加确信国王真的很胖。

"帅气王！"，毫无疑问

这位国王很肥胖。

那么这只熊（有着胖胖的身材）

也可以算作"帅气的小伙子"！

"也可以算作。"或者说

很久以前"就是这么称呼的"？

现在它担心的是：

"路易斯国王还活着吗？"

时尚与美丽是一成不变，

还是日新月异？

那个"帅气的路易斯"还在吗？

不幸的是，我不知道啊！

第二天早上（对着镜子）

它再次产生了疑惑。

一个问题萦绕在它脑海中：

"他还活着吗？"

随后，他对着玻璃窗继续琢磨；

但是窗子突然间关上

又旋转开来。

随着一声惊叫——"噢！"

泰迪熊不见了踪影。

人群中一个胖胖的人，

眼睛一闪一闪的，

他发现了街上的玩具熊，

轻轻地拎着大腿拿起了它，

对它和颜悦色地

说起了安慰的话：

"没关系，没事了！"

"你紧紧地跟着我吧！"

"你一点儿也不用担心。"

"啧，这样跌倒是很令人恼火的。"

玩具熊一言不发，

它也许是没有听到吧。

它看了又看

那位胖胖的人！

"帅气王"——他会不会

就是那个人呢？

"不可能的。"他猜想着。"但也许就是呢！

没关系我可以问一问。"

"你是不是？"它说，"你是不是

法国的国王呢？"

对方谦逊地弯腰，拿下帽子回答说：

"是的，我是。"

接着他又问：

"请问，你是不是艾德华熊先生？"

于是，玩具熊深深地鞠了一躬，

同样有礼地回答说："是的。"

国王和艾德华熊

站在窗户下面，

帅气，和肥胖没有任何关系。

接着，国王说：

"好了，好了，这下我必须要走了。"

他拉响了铃铛，笑着说：

"小胖熊，再见！"

于是转身离开了。

有只玩具熊，

从不爱运动，

它长得像水桶。

这只玩具熊，

难怪长得又矮又胖；

但你认为它会为肥胖而烦恼吗？

没有，才没有呢！

它对又矮又胖很骄傲！

坏爵士布莱安·波坦尼

布莱安爵士有一把带着旋钮的战斧。

他来到村民中间，

用战斧敲击着他们的头。

在星期三和星期四，

尤其是星期四，

他会敲响农户的大门，这样说道：

"我是布莱安爵士！"（砰砰）

"我是布莱安爵士！"（砰砰）

"我是布莱安爵士！

像雄狮一样狂放！

给我拿这个，给我拿那个。"

布莱安爵士穿着一双带着马刺的战靴，

那是他最喜欢的战靴。

在星期二和星期五，

为了让街道显得更干净一些，

他会和路过的村民打招呼，

然后再把他们全踢进水塘里。

"我是布莱安爵士！"（扑通）

"我是布莱安爵士！"（扑通）

"我是布莱安爵士，

像雄狮一样狂放！

还有没有人想洗一个冷水澡？"

某天清晨，布莱安爵士醒来后找不到他的战斧了。

他穿上自己的另一双靴子走进村庄。

刚走了一百步，

便被村民们围了起来，人们面带讥讽地朝他敬礼。

"你真的是布莱安爵士吗？"

"亲爱的，亲爱的，你是布莱安爵士吗？"

"你是布莱安爵士，像雄狮一样狂放？

真高兴在这里看到你！"

布莱安爵士在水里搜寻了一番，看到了很多浮萍。

人们把他拖出水塘，

晾干后用斧头敲打他的头。

他们提着他的裤子把他拎起来，

再把他丢进水渠里。

他们把他推到瀑布下面说：

"你是布莱安爵士——不许笑！

你是布莱安爵士——不许哭！

你是布莱安爵士，像雄狮一样的狂放——

雄狮布莱安爵士，再见了！"

布莱安爵士挣扎着回了家，

他把自己的战斧砸得稀烂。

他把战靴扔进了火炉。

他完全变了一副模样，

现在他再也不佩戴马刺，

而是以波坦尼的名号行走在村里。

"我是布莱安爵士？不，我不是！

我是布莱安爵士？谁是布莱安？

我没有任何头衔，我只是波坦尼，

平凡的波坦尼。"

赶时髦

狮子有一条华丽的尾巴，

大象也有一条华丽的尾巴，

鲸鱼有尾巴，

鳄鱼也有，鹡鸰鸟也有——

它们全都有尾巴，为什么就我没有。

如果我有六便士，

我一定会去买一条。

我会对售货员说："给我一条合适的尾巴！"

我会对大象说："瞧，这就是我的尾巴啊！"

这样，它们就都会围观我。

接着我会对狮子说：

"哎呀，你有一条尾巴，

大象也有尾巴，鳄鱼也有尾巴！

快来看啊！这儿有一条鳄鱼！它有尾巴呢！

大家都和我一样，都有尾巴呢！"

炼金师

街的尽头住着一个老头，

长长的胡子拖到了地上。

我唯一渴望见到的人就是他。

我觉得他应该很高兴，

因为他整天都在和小猫咪说话。

他问这个，说那个，

整晚戴着醒脑帽在

书房里写写画画。

他穷尽一生（他已经很老很老了）

都在说："快看啊，快看啊，

托儿所里的护栏变成黄金了！——

但是那些护栏本来就是金色的！

（有时候说火钳或窗帘杆）

有时候他自己也不太确定，

或许他调配的一种药物不大对劲儿，

所以他只能整晚地工作，

直到他完全确认为止。

长大了的我

我的鞋带变长了，

我穿上了双肩背带裤，

我为跑步比赛做好了一切准备。

有谁愿意和我一起？

我有一对新背带，

还有一双系着棕色鞋带的新鞋，

我知道一个很好玩的地方。

有谁愿意和我一起？

每天起床我都会优雅地说：

"谢谢你，天主。送我美丽的肩带。

我也会自己系上我的棕色新鞋带。"

有谁愿意和我一起？

如果我是国王

我常常幻想，如果我是国王的话，

那么我就能随心所欲，为所欲为。

如果我是西班牙国王，

我就可以脱掉帽子在雨中奔跑。

如果我是法兰西国王，

我就可以脏兮兮地去看望姑姑。

如果我是希腊国王，

我就可以把橱柜壁上的装饰物全部弄掉。

如果我是挪威国王，

我就可以让大象陪我玩耍。

如果我是巴比伦国王，

我就可以不扣上手套的扣子。

如果我是廷巴克图国王，

我就可以做任何我喜欢的事情。

如果我是掌管所有事情的国王，

我就会对士兵说："我才是真正的国王！"

晚祷

一个小男孩正跪在床边，

金色的小脑袋耷拉在双手上。

嘘！嘘！千万别说话！

克里斯托弗·罗宾正在做祷告呢！

上帝保佑妈妈。

我想我是对的。

今天晚上洗澡的时候怎么样呢？

冷的时候太冷，热的时候太热。

哦！上帝保佑爸爸——
我差点儿忘记了。

如果我把手指挪出一条小缝，
就能看到保姆的睡裙正挂在门口。
那是一件没有兜帽的漂亮蓝色睡衣。
哦！上帝保佑她，愿她一切安好！

我的睡衣有兜帽，
我躺在床上，
把兜帽罩在脑袋上，
闭着眼睛蜷缩着身子，
这样就没人知道我在这里了。

感谢上帝赐予我如此美妙的一天。
还有什么要说的吗？
我说了"保佑爸爸"，还要说什么呢？
对了，我想起来了！
上帝保佑我啊！

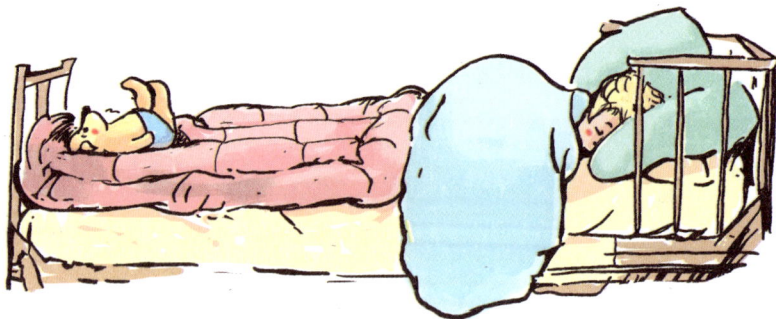

一个小男孩正跪在床边，

金色的小脑袋耷拉在双手上。

嘘！嘘！千万别说话！

克里斯托弗·罗宾正在做祷告呢！